SEDAN

ET

LE QUATRE-SEPTEMBRE

COMMENT MEURENT LES EMPIRES

ET

COMMENT NAISSENT LES RÉPUBLIQUES

PAR

Édouard TALBOT

Rédacteur en chef de l'*Avenir*, du Gers

Précédé d'une préface de

M. JEAN DAVID

Prix : 25 centimes

EN VENTE A AUCH

A L'IMPRIMERIE DE L'*AVENIR*, RUE ESPAGNE
et chez tous les libraires

Envoi sans frais par la poste contre 25 cent.
en timbres-poste

Mon Cher Talbot,

Vous voulez, me dites-vous, faire une
petite brochure de propagande républicaine
avec les deux fort bons articles que vous
avez publiés dans l'*Avenir*, et vous me
demandez d'y ajouter quelques lignes en
forme de préface.

Il y aurait, ce me semble, mieux à faire
qu'une préface, et après nous avoir si bien
dit « Comment meurent les Empires » et
« Comment naissent les Républiques », vous

auriez pu, retournant votre thèse et vous inspirant de la date funeste du 2 décembre 1871, ajouter à vos pages éloquentes quelques pages encore, avec ce titre : « Comment naissent les Empires et Comment meurent les Républiques ».

République ! Empire ! Que d'idées dans ces deux mots et que de souvenirs ! Il n'y a rien à ajouter à ce que vous avez si heureusement écrit.

Les empires meurent dans la honte et dans la boue ; cela est vrai, surtout de ceux qui naissent dans le crime comme celui de Napoléon III, et il est une date que nous ne devons jamais, dans nos souvenirs, séparer de celle de Sedan : c'est celle du 2 décembre. De même, en remontant à l'origine de cette dynastie fatale, il ne faut jamais séparer le 18 brumaire du 18 juin 1815.

Saint-Cloud ! Waterloo ! les représentants du peuple arrachés de leur siége et emprisonnés ! l'invasion ! Le crime aujourd'hui, l'expiation demain ; mais le coupable, hélas ! n'est pas seul puni : la nation tout entière a sa part du châtiment infligé au maître qu'elle s'était donné.

Et quand je pense qu'il y a encore des gens qui paraissent disposés à se laisser prendre dans les trames bonapartistes, comme si le césarisme pouvait conduire le pays ailleurs qu'aux abîmes !

Qu'on ne s'y trompe pas; malgré qu'en ait dit M. de Broglie, il n'y a de salut que dans les institutions et les principes.

La monarchie légitime était une institution basée sur un principe, principe faux incontestablement, mais auquel nos pères avaient foi; aussi faut-il s'incliner avec respect devant les rares croyants qui subsistent encore et reconnaître avec eux que cette monarchie a, pendant de longs siècles, été l'honneur et la gloire de la France.

Mais l'empire, sur quoi donc, s'il vous plaît, était-il basé?

Par deux fois nous le voyons sortir d'une violation incontestable de la loi; la force, au moins un instant, a dû primer le droit pour le faire éclore; et ils sont des menteurs ceux qui ont osé dire qu'on était sorti de la légalité pour rentrer dans le droit. La loi constitutionnellement votée par les représentants de la nation, surtout pour celui qui seul dans le pays lui a prêté un serment solennel, est nécessairement le droit.

Les logiciens de la faction, je le reconnais, veulent bien en convenir, mais, s'empressent-ils d'ajouter : « Il y allait du salut du pays, et nous nous sommes hâtés de faire approuver par la nation notre attentat apparent à sa souveraineté. »

Outre, ils le savent bien, que la nation tout entière est impuissante à faire le bien du mal et réciproquement, ces logiciens sont des imposteurs, car ils n'ignorent pas que le principe de la souveraineté nationale dont ils se réclament ne peut pas être en même temps invoqué et en même temps être absorbé par son exercice même.

Le système plébiscitaire de l'appel au peuple dont on fait tant de bruit depuis quelque temps, et à l'aide duquel on cherche à éblouir le pays, n'est pas autre chose.

Nous n'userions de notre souveraineté aujourd'hui que pour l'abdiquer à jamais entre les mains d'un homme et de ses descendants.

Le suffrage universel ne serait donc qu'un de ces insectes dont la vie est mesurée et qui meurent après avoir pondu leurs œufs.

Cela n'est pas vrai. Le suffrage universel, c'est l'oiseaux lumineux, le Phénix immortel parce qu'il renaît de ses cendres, aussi grand, aussi beau, aussi fort; le suffrage universel, c'est la volonté nationale. toujours vieille et toujours nouvelle, toujours la même et toujours changeante, Ce ne peut donc être que la République, entrevue par nos glorieux ancêtres du dix-huitième siècle, au frontispice de laquelle ils inscrivirent ces grandes aspirations : les principes de 89, qui sont formulésdans la déclaration des Droits de l'Homme.

JEAN DAVID,

SEDAN

ET

LE QUATRE SEPTEMBRE

PREMIÈRE PARTIE

Comment meurent les empires.

I

Le jour paraît ; la lumière encore pâle envoie ses premiers rayons qui glissant sur les cimes des arbres, descendent peu à peu dans les feuilles, dans les mousses et les bruyères en les semant de gouttes de soleil.

Un air pur et frais, plein de senteurs des bois, s'élève et inonde une contrée admirable formée par des prairies et des champs coupés de collines boisées.

Un long serpent de moire se déroule en ondulant au milieu des peupliers et des saules.

Une jolie ville, aux remparts crénelés, s'estompe dans la brume.

Ce fleuve, c'est la Meuse ; cette ville, c'est Sedan.

Tout est calme et tout dort ; partout la nature est luxuriante et bénie, et ce pays si beau ne fait naître à ces heures matinales que des pensées de bonheur et d'amour.

Mais dans la ville un homme s'agite dans un sommeil fiévreux et troublé..... et comme on appelle cet homme un empereur, bientôt ces plaines seront couvertes de cadavres, et ces vagues qui jettent au soleil des poignées de pierreries rouleront des larmes et du sang.

II

Des masses sombres s'ébranlent, se glissent presque sans bruit dans les chemins détournés et arrivent au bord de la Meuse.

Le pont de Donchery est intact. Le génie a dû le faire sauter, *mais il n'avait pas de poudre.*

La Meuse est large et profonde. Pas un soldat français n'a été placé derrière ce rempart naturel si facile à défendre.

Les Prussiens font avancer de la cavalerie et de l'artillerie et coupent la retraite de l'armée sur Mézières.

Après la bataille, quand connaissant leur force réelle, on leur dit : Vous risquiez de vous faire écraser, le général Blumenthal répondit : Oh ! vous étiez si mal commandés que nous pouvions être téméraires sans danger.

Pendant ce temps,. que fait l'empereur ? il s'est remis aux mains de ses valets de chambre, il a déjeuné, il a reçu des généraux de cour et quelques vrais généraux de bataille ; il a souri aux généraux de cour et indécis, écoutant tout, ne prenant nulle décision ; il est arrivé à l'heure du dîner, puis il s'est couché.

Pendant tout ce temps le cérémonial et l'étiquette des Tuileries pour les introductions et les réceptions, pour l'admission des familiers à l'honneur de sa table ont été minutieusement observés.

III

Les généraux prussiens ont eu moins d'étiquette, mais un conseil de guerre a été tenu la nuit par les chefs et le terrible mouvement d'enveloppement continue.

Le pont de Bazeille n'a pas été détruit ; là encore le génie *manquait de poudre*.

Mais à Bazeille, il n'y avait pas de généraux d'antichambre, il y avait des officiers et des soldats français chargés de garder un poste et la lutte fut grandiose.

Pendant toute une journée, quelques régiments arrêtèrent une armée. La retraite coupée sur Mézières était absolument libre sur la Belgique, située à 11 kilomètres, et cette retraite était protégée par la forêt des Ardennes.

Durant toute cette journée, Napoléon mangea, flotta sans volonté entre cent conseils, vit les jalousies s'accentuer entre ses généraux, ne sut rien ordonner et se coucha.

Pendant la nuit, Fleigneux et Floing furent occupés par les masses prussiennes et l'armée française fut cernée.

Mais elle comptait encore 80 mille hommes, et une trouée héroïque était possibe.

Le général de Wimffen écrit à l'empereur ce billet désormais historique :

« Sire, je me décide à forcer la ligne qui se trouve devant le général Lebrun et le général Ducrot, plutôt que d'être prisonnier dans la place de Sedan.

» Que votre majesté *vienne se mettre au millieu de ses troupes, elles tiendront à honneur de lui ouvrir un passage.* »

MM. les capitaines d'état-major de Saint-

— 5 —

Hœuën et de La Mouvelle remettent ce billet aux mains de l'empereur.

IV

Vous, sire, qui commandiez si bien aux
Tuileries, vous qui écriviez si arrogamment :
il est temps que les bons se rassurent et
que les méchants tremblent ! vous qui
étiez, disait on, élu par sept millions de
suffrages ; vous qui aviez tout résumé en
vous seul, qui nommiez à toutes les fonc-
tions, disposiez du budget, de l'armée, de
l'instruction d'un peuple entier ; vous,
qui vous prétendiez la France ! voici l'oc-
casion de montrer cette puissance accumu-
lée, cette force presque divine !... Vous
vous disiez la France !... Eh bien, levez-
vous !... Ce sera la France qui sera debout !... Tirez votre épée, ce sera l'épée de
la France.

Vous hésitez !... Vous êtes troublé !...
Vous, majesté impériale, vous sentez enfin que vous n'êtes qu'un homme, moins
qu'un homme, car, il n'est pas un seul
de vos soldats qui n'affronte la mort en ce
moment pour son pays !

Comment se fait-il donc, que lorsqu'il
s'agissait, caché derrière vos argousins,

de faire massacrer des bourgeois à peine armés ou de les faire saisir la nuit, dans leur lit, par vos policiers,... *vous étiez si grand?*

Puisque lorsque l'heure est venue de risquer votre vie, *au milieu* de vos troupes, pour le salut de la patrie,... comment se fait-il que vous êtes si petit ?

V

Regardez ces murs de Sedan, qui ont été un fief des Latour-d'Auvergne, la famille d'où est sorti le premier grenadier de France ; ces murs, qui ont vu naître Turenne, et demandez-leur des enseignements !

Il n'y a pas loin non plus de Sedan à Verdun, où Beaurepaire, accablé par la population royaliste qui voulait livrer la ville à ces mêmes Prussiens qui sont devant vous aujourd'hui, Beaurepaire prit froidement un pistolet et, plutôt que de capituler, se fit sauter la cervelle.

Mais Beaurepaire était un officier républicain, et le pistolet de Beaurepaire ne se trouva jamais dans les bagages d'un empereur !

Vous, sire, vous lisez le {billet, vous refusez d'obéir au commandant en chef..... vous allumez une cigarette..... et vous faites arborer un drap blanc.

Des officiers indignés jettent dans la poussière cette loque blanche et rétablissent le drapeau français.

Vous êtes épouvanté d'entendre encore le sifflement des obus : vous ordonnez de hisser de nouveau un drap blanc et, pour mieux protéger votre personne impériale, vous envoyez en toute hâte des parlementaires, afin de traiter de la capitulation.

Et vous osez, dans un pareil moment, écrire à Guillaume cet effrayant mensonge : *N'ayant pu mourir à la tête de mon armée, je vous rends mon épée.*

VI

Sire, vous étiez empereur, mais vous aviez dit souvent aussi que vous n'étiez qu'un soldat.

Lorsque votre majesté Napoléon III, empereur des Français, ne se mettait pas au milieu de ses troupes pour les animer par son exemple et par sa présence!... comme empereur, sire, vous commettiez une lâcheté!

Vous étiez un soldat français et vous

avez refusé d'obéir aux ordres de votre général en chef, vous commandant d'aller au feu... comme simple soldat... Louis Napoléon Bonaparte... vous avez commis une lâcheté.

Tout conseil de guerre vous eût flétri et eût prononcé votre arrêt, comme il a prononcé celui de Bazaine.

La loi militaire vous eût condamné à être dégradé sur le front de bandière d'une armée, à voir arracher vos épaulettes, vos croix et ces décorations étrangères auxquelles on a donné peut-être le nom de crachats, parce que l'on prévoyait qu'un jour elles seraient placées sur votre poitrine.

La loi militaire vous eût condamné à être fusillé à genoux et par derrière... n'étant pas digne, même à la dernière heure, de regarder la mort en face !

<h2 style="text-align:center">VII</h2>

Mais le feu a cessé... on peut sortir de Sedan *sans danger*, une calèche découverte attelée de six chevaux, montés par des domestiques moins galonnés que les chambellans, prend la route du camp des prussiens.

Un homme est étendu sur les coussins ;

son visage, horriblement contracté par la peur depuis deux jours, a les teintes marbrées d'un cadavre; son œil est éteint et vitreux; il cache, sous un képi couvert d'or, son front déshonoré... il fume une éternelle cigarette... et il passe.

Allons, bonapartistes!... voilà votre empereur qui accomplit le plus grand acte de son règne... agenouillez-vous et baisez avec adoration les traces que sa voiture a laissées dans la boue!

VIII

Des envoyés de l'ex-empereur Napoléon l'avaient précédé auprès des Prussiens.

Les conditions étaient horribles : l'empereur faisait déposer les armes à son armée et se livrait prisonnier.

« Le comte de Bismarck, dit le général de Wimpffen, venant à parler de paix, me dit que « *la Prusse avait l'intention bien arrêtée* » *d'exiger non-seulement une indemnité de* » *guerre de 4 milliards, mais encore la cession* » *de l'Alsace et de la Lorraine allemande,* » *seule garantie pour nous, ajoutait-il, car* » *la France nous menace sans cesse, et il* » *faut que nous ayons comme protection* » *solide une bonne ligne stratégique avan-* » *cée !* »

A cette heure, on ne parlait pas encore de République et, dès ce moment, Napoléon III, empereur des Français, livrait en réalité aux Prussiens 4 milliards et deux provinces : l'Alsace et la Lorraine, en capitulant.

Le général Castelnau intervint pour déclarer que l'empereur avait remis son épée sans conditions au roi de Prusse, et que ce souverain devait adoucir ses prétentions.

« Quelle est l'épée qu'a rendue Napoléon III? dit M. de Bismarck ; est-ce l'épée de la France, est-ce son épée à lui?

— C'est seulement l'épée de l'empereur, » dit le général Castelnau.

Bismarck fit un geste qui signifiait : « Alors, ce n'est rien, » et la capitulation fut signée.

L'empereur livrait à l'ennemi, d'un seul coup, 330 pièces de campagne, 170 mitrailleuses, 184 canons de place, 12,000 chevaux, une armée de 83,000 Français, dont 14,000 blessés, et les drapeaux des régiments !

Des milliers de morts couvraient le sol, de Beaumont à la lisière de la forêt des Ardennes..... eux seuls étaient libres !

IX

Mais pourquoi ces hontes, pourquoi ces massacres ?

Parce qu'un seul homme, se disant élu empereur par un plébiscite de 7 millions d'électeurs, s'était cru tout permis.

Parce que cet homme avait un fils, *un prince impérial*, qu'il voulait faire empereur comme lui, en créant une dynastie et en confisquant la souveraineté nationale..... et pour que cette ambition personnelle fût satisfaite, il fallait que de Wissembourg à Sedan la France comptât les morts aussi nombreux que les épis, et que par centaines de mille des mères prissent le deuil.

X

Il y a eu le 1ᵉʳ septembre quatre ans seulement que l'on a vu ces hontes et ces lâchetés !' quatre ans que s'est accomplie.à l'abattoir de Sedan cette boucherie humaine par l'empereur Napoléon III..... et il y a.en France des bonapartistes ! ! !

SECONDE PARTIE

———

Comment naissent les Républiques

I

Comment l'empereur Napoléon III avait-il ainsi attiré dans le gouffre de Sedan l'armée qui se trouvait à Châlons, forte de 120 mille hommes, et que l'ineptie ou la trahison du général de Failly avait réduite à 90 mille hommes, après la surprise de Beaumont ?

Parce que Napoléon III portait en lui le souvenir sanglant du Deux-Décembre, parce qu'il se savait un assassin et qu'il n'osait pas se remettre aux mains de Paris, pas plus que le criminel n'ose affronter la poigne du gendarme.

Tout bandit est puni par son crime. Mais comme ce bandit était un empereur, il devait entraîner dans sa punition les sept millions de oui qui, par deux fois, s'étaient faits complices de ses attentats.

II

La peur du châtiment qui l'attendait à Paris, est, en effet, le seul motif de sa marche sur Sedan.

Nul ne peut en douter, aujourd'hui que l'histoire en donne des preuves authentiques et que lord John Burgoyne, le feld-marshall anglais, a livré à la publicité la lettre où Napoléon III avoue son épouvantable culpabilité :

Wilhelmshœhe, 29 octobre 1870.

Mon cher sir John,

Je viens de recevoir votre lettre, qui m'a causé une grande joie, d'un côté, parce qu'elle est une preuve touchante de votre sympathie pour moi ; de l'autre, parce que votre nom me rappelle les temps heureux et glorieux où nos deux armées combattaient ensemble pour la même cause.

Vous qui êtes le Moltke de l'Angleterre vous aurez compris *que tous nos malheurs provenaient de ce que les Prussiens ont été plus tôt que nous prêts à marcher, et qu'ils*

nous ont, pour ainsi dire, *surpris in fla-
granti* dans la formation.

L'offensive m'étant devenue impossible, je
me décidai pour la défensive ; mais, entra-
vée *par des considérations politiques,* notre
retraite fut retardée, et finalement devint
impossible. Rentré à Châlons, je voulais
conduire à Paris la dernière armée qui nous
restait ; mais *là encore des considérations
politiques* me forcèrent d'entreprendre la
*marche la plus imprudente et la moins justi-
fiable au point de vue stratégique,* marche
qui aboutit au désastre de Sedan.

Vous avez là, en quelques mots, l'histoire
de la malheureuse campagne de 1870. Je
voulais vous donner ces explications, parce
que je tiens à votre respect. En vous re-
merciant de votre bon souvenir, je vous
renouvelle l'assurance de mes sentiments
dévoués.

NAPOLÉON.

Ainsi, l'empereur Napoléon III écrit, si-
gne et avoue que le général Lebœuf mentait
quand il disait que notre armée était plus que
prête et qu'il ne lui manquait pas un bouton
de guêtre !

L'empereur Napoléon III avoue qu'il mentait quand il semblait prendre l'offensive et
faisait crier par sa police : à Berlin ! à Berlin ! tandis qu'il savait qu'il ne pouvait, en
déclarant la guerre à la Prusse, que rester

sur la défensive et, par conséquent, amener une invasion en France.

L'empereur Napoléon avoue qu'il mentait quand il affirmait qu'il marchait sur Sedan pour le salut du pays, tandis qu'il savait qu'il faisait *uue marche imprudente et la moins justifiée au point de vue stratégique*, mais seulement *pour des considérations politiques*, c'est-à-dire pour sa lâche peur de Paris *le justicier*.

III

Tous les jours, en effet, après chaque défaite, il recevait de Paris des nouvelles qui le terrifiaient.

Paris fermentait, et quand Paris fermente, quand ce cerveau du monde s'indigne et bouillonne..... courtisans, policiers, sicaires et prétoriens, tout s'évanouit..... et les despotes disparaissent !

En vain l'impératrice, dès le 8 août, avait ordonné aux régiments de charger les bourgeois désarmés, et aux policiers de les assommer à coups de casse-têtes..., les boulevards s'emplissaient d'immenses colonnes demandant des armes !

Des armes ! des armes ! tel était le cri de Paris à chaque nouveau désastre subi par les généraux de l'empire.

Des agents de police en bourgeois se glissaient vers ceux qui portaient les drapeaux et criaient : c'est un Prussien; nous l'avons entendu crier : à bas la France. La foule s'arrêtait indécise, la police en uniforme se précipitait, saisissait au collet le bon patriote, le bousculait, déchirait ses habits, le frappait et le jetait ensanglanté dans un poste.

C'est ainsi que l'impératrice régente traitait Paris pendant vingt jours, après l'avoir mis en état de siége !

IV

Les courages s'embrasent à la grande fournaise populaire; le corps législatif impérial, ce réceptacle de sourds-muets et d'aveugles ramassés par les candidatures officielles, au coin de toutes les bornes des préfectures bonapartistes, est vigoureusement secoué dans *son humble dévouement* par les députés de la gauche.

Dès le 17 août, Jules Favre demande que l'empereur rentre à Paris, parce qu'il n'est plus qu'un *embarras* sur le théâtre de la guerre.

Le 19, Gambetta dit le mot de la nation, et s'écrie : « Il s'agit de s'avoir si on va continuer un système qui à l'incurie joint l'inexactitude dans les dépêches, et qui fait désormais soupçonner qu'on met l'intérêt d'une dynastie, au-dessus de celui de la nation ! »

L'impératrice continue à faire charger, assommer, emprisonner les Parisiens sans armes, mais l'ineptie de son mari rend inutile sa résistance. Dès le 2 septembre au soir, un frémissement d'inquiétude et d'angoisse court comme l'électricité dans Paris enfièvré. Une sorte d'intuition d'un désastre plane dans l'air, et, le 3, la nouvelle de la capitulation éclate comme la foudre.

V

L'impératrice, qui avait dit : *c'est ma guerre, il me la faut*, est terrifiée et fait offrir le pouvoir à M. Thiers : il refuse.

M. Buffet propose avec deux autres ministres de charger le Corps législatif de tous les pouvoirs, *en réservant les droits de l'empire.*

M. Jules Favre et vingt-sept députés déposent sur la tribune la proposition suivante : « Art. 1er. — Louis-Napoléon Bonaparte et sa dynastie sont déclarés déchus du pouvoir que leur a conféré la Constitution. »

Quelques ministres effarés essayent de faire accepter une régence avec Palikao, le héros du palais d'été.

M. Daru, alors ministre, avoue lui-même « que ce projet causa un désappointement » général et rencontra de nombreuses résis- » tances ; le mot de *régence* ne paraissait pas » heureusement choisi. »

Ainsi, les partisans de l'empire abandonnent dès le 3 septembre l'impératrice et ne veulent même plus de la régence.

C'est un commencement d'abdication.

M. Thiers monte à la tribune et lit cette proposition : Vu la *vacance du pouvoir*, il sera nommé par le Corps législatif une commission de gouvernement et de défense nationale.

Alors une seconde abdication est proclamée en termes formels par les ministres qui ne prononcent plus le nom de l'impératrice, même comme régente. Leur projet renie l'empire et constate sa déchéance ; il est ainsi conçu :

« Art. 1er. — Un conseil de gouvernement et de défense nationale est institué. Ce conseil est composé de cinq membres ; cha-

que membre est nommé par le Corps législatif. »

L'abdication fait encore un nouveau pro-
grès, car les ministres de l'empire propo-
sent un nouveau *gouvernement.*

VI

Une commission est nommée. MM. Buffet, Daru et Kolb-Bernard se rendent auprès
de l'impératrice pour l'engager « à approuver par une déclaration formelle *la trans-
mission* au Corps législatif *des pouvoirs
qu'elle tenait de la Constitution.* »

*L'impératrice se rend aux raisons expri-
mées par M. Buffet.*

M. Martel est élu rapporteur.

Au milieu d'un de ces silences effrayants
qui glacent et qui épouvantent, M. Martel
s'exprime en ces termes :

« Voici le texte que nous soumettons à
votre approbation : « Vu les circonstances,
» la Chambre élit une commission composée
» de cinq membres choisis par le Corps lé-
» gislatif. »

» Cette commission *nomme* les ministres.

» Dès que les circonstances *le permet-
tront*, la nation sera appelée à élire une As-

semblée constituante *qui se prononcera sur la forme du gouvernement.* »

Or, ceci se passait avant l'envahissement de l'Assemblée ; ceci se passait dans le Corps législatif parmi les députés nommés par les candidatures officielles de l'empire et gorgés de toutes manières, eux et leurs familles ; et M. Daru, ministre, dit : « L'accord est fait entre tous les partis ; *l'impératrice elle-même ne fait point obstacle à l'adoption de ce projet…..* » Et ce projet dit textuellement : « Une Assemblée constituante *se prononcera sur la forme du gouvernement!* »

Ce projet est adopté par le Corps législatif impérial, avec cette modification importante proposée par M. Thiers : **Vu la vacance du pouvoir.**

Ces faits sont consignés à l'*Officiel,* ils sont d'une authenticité incontestable et qui défie tous les démentis.

Il en résulte une éclatante vérité, c'est que l'impératrice a abdiqué dans une proposition solennellement présentée par ses ministres.

C'est qu'elle a consenti non-seulement à n'être plus régente, mais à n'être même plus nommée, à n'être plus rien dans le nouveau gouvernement.

C'est qu'elle a consenti, en outre, à ce qu'une Assemblée constituante fût convoquée pour statuer *sur la forme* de ce gouvernement nouveau.

Les Français n'ont donc eu rien à renverser le 4 septembre, puisqu'ils n'avaient plus de gouvernement devant eux, *vu la vacance du pouvoir*, comme le disait si énergiquement la proposition votée par l'Assemblée.

L'empire s'était suicidé à Sedan par les mains de l'empereur, à Paris par celles de l'impératrice, de ses ministres et de ses députés!

Un peuple ne se suicide pas quand il s'appelle la France..... et la France proclama la République!

VII

Des régiments, des agents de police en rangs épais, entourent le palais Bourbon, où siége l'Assemblée.

Les gardes nationaux s'avancent au pas en masses compactes; l'impératrice et le général Palikao ont donné l'ordre de charger et de faire feu. Mais tout à coup la nouvelle se répand que Lyon a proclamé la République. Les soldats hésitent à massacrer inutilement ; les rangs s'ouvrent, la foule immense qui couvre la place pèse de tout son poids de cent mille bras ; les grilles du Corps législatif sont tordues comme des pailles ; les députés s'enfuient par les jardins, et la salle retentit de mille cris de : *Vive la République!*

Gambetta se présente sur les marches du perron et prononce les paroles suivantes, au milieu d'un profond silence qui tout à coup s'établit :

« Citoyens,

» La France entre enfin aujourd'hui dans une ère nouvelle. (Bravos.)

» Je suis heureux, en présence de l'admirable manifestation qui se produit, de constater que nos soldats s'associent aux sentiments du peuple. (Bravos.)

» Soldats-citoyens, je vous jure que nul sang ne sera versé. (Bravos enthousiastes.)

» Le régime qui nous a tous opprimés depuis vingt ans, s'effondre sous ce premier effort de moralité publique. La République est proclamée ! *Vive la République!* »

De la place de la Concorde et des quais, deux cent mille voix répètent : *Vive la République!*

VIII

La foule se dirige vers l'hôtel de ville après avoir déposé des couronnes aux pieds de la statue de Strasbourg.

Les sergents de ville de l'empereur aussi lâches alors qu'ils avaient été féroces quand ils se croyaient les plus forts, se sauvent de tous côtés ; dans leur fuite affolée, ils se hâtent de se débarrasser de leurs épées et, par instinct, les jettent à leur place naturelle.... dans les égouts.

Parmi ces policiers qui depuis un mois assassinaient les bourgeois désarmés en se mettant vingt contre un, pas un seul n'est frappé, pas un seul n'est arrêté, et dans ce grand Paris, au milieu de deux millions d'hommes indignés des vols et des crimes de l'empire, là où se retrouvent tant d'hommes que les bonapartistes ont emprisonnés, déportés, ruinés sans jugement, *pas une représaille n'est accomplie, pas une goutte de sang n'est n'est versée !*

Et ce sont les bonapartistes, les massacreurs du boulevard Montmartre, les déporteurs de Lambessa et de Cayenne, c'est la bande qui a pillé la France pendant vingt ans qui ose appeler un crime l'immortelle journée du 4 septembre, où la République leur pardonne avec une magnanimité si digne et si écrasante.

IX

A l'hôtel-de-ville, les députés de Paris sont proclamés membres du gouvernement, avec le général Trochu pour président. Paris est tout à la joie. Citoyens, femmes, enfants de tous les rangs et de tous les âges sont confondus dans un même enthousiasme. Partout la propriété est en sûreté, pas un vol n'est commis, le peuple sent qu'il est le maître et qu'il doit se respecter lui-même.

Le soir, la grande ville est illuminée, des groupes joyeux passent avec des drapeaux, semant partout des acclamations et des chants, au milieu de la foule paisible, heureuse enfin de ne plus être exposée aux casse-têtes des policiers, et la République est inaugurée par l'ordre le plus magnifique et le plus merveilleux.

X

Pendant ce temps que faisaient les amis de l'empereur ?

Après le Deux-Décembre, les républicains des villes et des campagnes se levaient par centaines de mille et prenaient des armes pour défendre la République et la loi.

Les argousins insurgés de Napoléon et sa police se ruèrent sur eux, massacrèrent 20 mille républicains, en déportèrent 40 mille sans jugement, en exilèrent 100 mille... il fallut que Napoléon égorgeàt la France pour lui arracher des bras la République.

Le 4 septembre, où étaient les bonapartistes? Piétri, le préfet de police, s'était enfui; Palikao s'était enfui; Rouher, Baroche, tous les ministres, tous les chambellans, toute la valetaille avait fui.

Le Sénat gorgé d'or, de décorations et de faveurs avait levé la séance; les sénateurs avaient caché leurs livrées brodées d'or et pleuraient, dans leurs caves, leur traitement de 30 mille francs.

Le prince impérial s'était enfui.

L'impératrice, elle-même, avait pris, comme Louis-Philippe, la route de Trouville, et comme lui s'embarquait pour l'Angleterre.

Ces argousins qui chargeaient la multitude sans armes, où étaient-ils?

Ces nuées d'agents de police qui assommaient les promeneurs, où étaient-ils?

Parmi ces grands chefs bonapartistes qui parlent si haut aujourd'hui, quel est celui qui a saisi un fusil ou remué le pavé d'une barricade pour défendre son empereur?.

En province... dans une seule ville, dans un seul village, un bonapartiste a-t-il pris, lui aussi, les armes pour soutenir ou l'empire ou l'empereur et pour empêcher la venue de la République?

Un seul a t-il même protesté par écrit contre le gouvernement républicain?

Pas un!... pas un seul!

De quel droit les bonapartistes qui n'ont pas défendu leur empereur après le 4 septembre, viennent-ils se permettre de parler de lui aujourd'hui et d'insulter la République devant laquelle ils se courbaient humblement?

XI

Mais un grand enseignement doit ressortir de la comparaison de ces deux événements : Sedan et le Quatre-Septembre.

Sedan représente l'empire dans toute sa vérité : c'est le pouvoir personnel..... c'est la capitulation d'un peuple à genoux pendant vingt ans devant un seul homme dont il a fait un empereur tout-puissant, une sorte de Dieu terrestre qui l'avilit, le pille et le fouaille comme on fouaille une meute abâtardie.

Le Quatre-Septembre, c'est la République c'est la régénération de ce peuple retrouvant enfin sa fierté native, sa dignité perdue et marchant vers ses destinées dans sa force et dans sa liberté !

Sedan ! c'est une flaque de sang dans une mare de boue..... c'est la mort de l'empire !

Le Quatre-Septembre, c'est l'aurore resplendissante de tous les amours, de tous les bonheurs, de tous les droits, de toutes les vérités, de toutes les lumières........ c'est la naissance de la République !

Il y a quatre ans, à Paris, deux millions d'hommes n'avaient qu'un cri : Vive la République !

A cette heure il n'y a aussi qu'un seul cri légal dans la France entière :

VIVE LA RÉPUBLIQUE !

Auch, imp. Delas.